海客集

HAIKE JI

于潇涵 著

山东友谊出版社·济南

图书在版编目（CIP）数据

海客集 / 于潇涵著. -- 济南：山东友谊出版社，2024.1（2024.3重印）
ISBN 978-7-5516-2861-7

Ⅰ.①海… Ⅱ.①于… Ⅲ.①中国文学－当代文学－作品综合集 Ⅳ.①I217.2

中国国家版本馆 CIP 数据核字(2023)第 246473 号

海客集
HAIKE JI

责任编辑：王亚太
装帧设计：刘洪强

主管单位：	山东出版传媒股份有限公司
出版发行：	山东友谊出版社

地　址：济南市英雄山路 189 号　邮政编码：250002
电　话：出版管理部（0531）82098756
　　　　发行综合部（0531）82705187
网　址：www.sdyouyi.com.cn

印　刷：济南乾丰云印刷科技有限公司

开本：787mm×1092mm　1/16
印张：8　　　　　　　字数：100 千字
版次：2024 年 1 月第 1 版　印次：2024 年 3 月第 2 次印刷
定价：58.00 元

序

当今社会,很少见到一个22岁的少年,可以用古典文学的手法,把对世界的感知描写得如此清澈细腻。

翻开《海客集》,一个青春少年的心事像一股涓涓细流缓缓流出,书里有吐露远赴大洋彼岸求学的思乡之苦,有描绘他乡之景的惊喜新奇,有刻画同学情谊的真挚纯澈,也有描绘对青春恋爱的憧憬向往。与其说它是一部作品集,不如说它是一个学子远赴异国求学的心灵成长史。

作者从十几岁读高中时就开始研读中国古典文学,兴趣所致,愈发刻苦。诗词歌赋在很多少男少女眼中是枯燥的文字,但在作者眼中却是最懂他心思的"女朋友",那些意象美和音律美,陪伴他度过春夏秋冬。所以,从每一篇作品中都可以感触到作者或具象或抽象的热烈、深沉的情感。这些情感在笔尖流淌,充分展示着他对诗歌的痴迷,这既是一种表达自我的手段,更是一种对诗歌本体的欣赏与爱慕。

庆幸的是,作者并没有局限于感性上对传统文学的喜爱,而是在大学期间又进行了广泛深入的系统性学习,从感性上升到理性,沉淀自己,从头开始了解文学是什么,诗歌是什么,历史背景是什么。大学四年间,作者一边阅读,一边写诗,并选修其他课程,一方面从理论上充实文学基本素养,另一方面利用互联网和新媒体拜读名人大家对文学作品的讲解,并通过通信等方式与其他人切磋交流,以提高对文学和美的感受能力。

正是这种从感性上升到理性与感性并存的学习沉淀过程，让《海客集》这部作品诞生了。新冠肺炎疫情结束后，作者重回海外，这使他更加近距离地对比中国与西方的差异，并把对故土的热爱与人生阶段性的感悟融入诗歌创作中，在理性的基础上融入历史时代背景，以超越一己悲欢离合的宏大视角，创作出《七古·长津湖行》等作品。本书由七十余首诗词、一篇骈文、数首歌词组成，每一篇都凝聚了作者的心血，是他近几年的阶段性创作成果的结集。

《海客集》是一部优秀的个人作品集，它记录了新时代文学创作在"00后"身上延续的生命力，它鲜活、悦动、朝气。它是创新的，融入了新时代的很多命题，诸如跨越大洋去加拿大求学的经历，以及中国山东潍坊的生活百态；它又是理性厚重的，充满了"千禧宝宝"们超越个人好恶，反思历史、超越历史的满腔热血。

"海客谈瀛洲，烟涛微茫信难求"，作者将此书命名为《海客集》，我想正是对他留学几载及苦心孤诣探索中华优秀传统文化的真实写照。学海无涯，但有诗词美学为心中信念，以勤奋自勉为双桨，何止仙山瀛洲，便是摘星揽月，也可实现！

冯 璐

2023年10月7日于北京五道口家中

自　序

　　我虽在海外求学多年,但对汉语言文学,尤其是中国古典文学的喜爱却从未减少。甚至,随着岁月的积累而愈加喜爱。我越来越觉得,英语是语法性比较强的语言,而汉语是美感更强的语言。单音节文字所独有的音律美和对仗美,以及在几千年文学传统中形成的意象美,是无可替代的。

　　我最初喜欢文学并产生当作家的想法,是高一的时候。青春期里,不同的人会用不同的方式来表达生命的躁动。而我选择的方式是读书和写作,写诗和小说。但那时候的我太过自负,总觉得自己是不世出的天才,以为只要随便写写,肆意地表达自我,就可以远比李白、近比顾城了。甚至上大学的前两年,我依然抱有这种心态。

　　转变是从新冠肺炎疫情暴发开始的。

　　在海外,我和室友一直待在房间里,两个月没出门。后来我好不容易抢到了回国的机票,回国后又在西安的酒店里一个人隔离了十五天。我对生命的感受,对世界的认知,就在这短短的时间里改变了许多。后来我又抑郁了一段时间,内心愈发陷入剪不断、理还乱的纠结当中。我忽然发现,我要说的话变得越来越复杂,我的想法越来越说不清、道不明,过去那幼稚的文笔,已经支撑不起我的新的自我表达。

　　到这时,我才决心沉淀自己,要从头开始了解文学是什么,了解诗是什么。

　　接下来的两三年里,我一边阅读,一边写诗。我找来叶嘉莹、欧丽娟、田晓菲等著名学者讲诗词的书来读,在网上找到她们的大学公开课和讲座的视频来看,买各种文学家的选集、全集来"品尝"。我读完了《王维诗全集》和《杜牧诗集》,读完了李煜、晏几道、周邦彦、姜夔的词。此外,李白、李贺、李商隐、史达祖、吴文英等也是我极为喜爱的诗人或词人。这段时间,我停止了小说写作,全力作诗词,因为我觉得我需要先培养自己对文学和美的感受能力。

两三年下来,我逐渐明白了这些人成为大诗人的原因,明白了好作品之所以是好作品的道理,懂了为什么有些作品是美的,懂了为什么好的作品能打动人。

与此同时,我写作古体诗词的水平也在不断提高。形式上,我从只能勉强押韵进步到大体能合上平仄;内容上,诗的意境和气格都提升了许多。

在新冠肺炎疫情结束后重回海外的一年多里,我对中国和西方的共同点与差异性有了新的认识,写的诗越来越让自己满意,也基本能表达现在的自我了,我想我对文学和美的认识算是上了个小台阶。

2020年,我终于重新开始小说写作了,先后写了几部短篇小说,也写过几首流行歌词,参加哔哩哔哩网站UP主(上传者的意思,下同)举办的歌词比赛,并成功入围决选。这些歌词中,有些是根据已有的华语歌曲按旋律填词的,有的是不带旋律的自由写作,但基本符合歌词的格式要求。

本书所集作品之中,有七十余首诗词、一篇骈文、数首歌词,算是我这三年来所有创作成果的展示。我希望借此书将这些创作保留下来,以激励我继续前行。

李白《梦游天姥吟留别》中云:海客谈瀛洲,烟涛微茫信难求。我以为"海客"二字形容此时的自己极为恰当,故将自己的第一本作品集命名为《海客集》。

2022年9月

目 录

词

破阵子·雨天 …………………………………… 003

祝英台近·遇桃花开,思人 …………………… 004

满庭芳·多伦多夏夜 …………………………… 005

临江仙·秋雨 …………………………………… 006

天仙子·秋昼阴雨 ……………………………… 007

蝶恋花·春游东湖樱园 ………………………… 008

菩萨蛮 …………………………………………… 009

清平乐·对夜怀某人 …………………………… 010

扬州慢·咏枫叶,用姜白石韵 ………………… 011

菩萨蛮·樱花 …………………………………… 012

风流子·四谎 …………………………………… 013

浣溪沙·春雨 …………………………………… 014

浣溪沙·雪 ……………………………………… 015

古体诗　近体诗　骈文

独坐望夜色 ································· 019

落雪花 ····································· 020

清晨大雨 ··································· 021

哈利法克斯·海烟酒吧海景 ··················· 022

雨中徒步天际线小道 ························· 023

七古·长津湖行 ······························ 024

观《水门桥》咏志愿军 ························ 025

八月雨 ····································· 026

尼亚加拉大瀑布歌 ··························· 027

酒吧行 ····································· 028

应父命作诗于城中黄昏华灯初上时 ············· 029

观"小千金"花滑作五古 ······················ 030

献给谢尔巴科娃 ····························· 031

三月初春郊游,杏花半开未开 ················· 032

疫情中,阴雨天早起 ························· 033

清明假期春游 ······························· 034

暮春深夜不眠 ······························· 035

四月二十四日散步 ··························· 036

暮春雨	037
晚八点,游加拿大某市别墅区	038
城中夜色	039
夜行	040
东望	041
五古·多伦多群岛游	042
傍晚步行经别墅一所	043
咏夜	044
多伦多秋晓有雨	045
秋枫	046
冬夜	047
咏冬夜	048
咏冬天眼镜片上雾气	049
七绝·咏雪	050
秋风	051
凉州词	052
瓦瓦瀑布二首	053
六月于蒙特利尔登观景台赋五律,仿宫体风	054
春夜	055
多伦多冬雪赋	056

现代诗

博物馆里的帆船 ………………………………… 059

无题 ………………………………………………… 060

睡觉 ………………………………………………… 062

笔 …………………………………………………… 063

无眠 ………………………………………………… 064

昏月 ………………………………………………… 065

雪夜 ………………………………………………… 066

听节奏布鲁斯 …………………………………… 067

异地的季节 ……………………………………… 068

雨梦 ………………………………………………… 069

浸湿 ………………………………………………… 070

魁北克早餐 ……………………………………… 071

不想起床 ………………………………………… 072

纯黑夜 …………………………………………… 073

躯壳 ……………………………………………… 074

城市 ……………………………………………… 075

流行歌词　新填词

寄明月 ·· 079

从此以后 ·· 082

荷花 ·· 084

该怎么快乐 ······································ 086

老套的心情 ······································ 089

春风沉醉的晚上 ······························ 092

忧郁症的假期 ·································· 094

走不完的海岸 ·································· 096

加加林的开元时代 ·························· 099

灯光下的诗句 ·································· 102

鹿台火 ·· 105

李华，你不会懂 ······························ 107

词

破阵子·雨天

薄伞老街风骤,斜阳疏雨山蒙。池涨碧花浮数点,雁过浓云落几声。烟天飘洒中。

一去别云流水①,三年飞絮飘蓬。檐下滴答垂坠露,溅醒相思梦不成。玉笛窗外横。

2022 年 5 月 20 日

---

① 韦应物《淮上喜会梁川故人》:江汉曾为客,相逢每醉还。浮云一别后,流水十年间。

祝英台近·遇桃花开，思人

粉香腮，罗裙舞，年少颜欢处。玉面桃花①，红染映楚楚。当时未料春匆，离别花泪，风拂柳残笛如诉②。

烂桃新③，旧恨随春又来，枝上生几许？情似花香，挥吹不散去。愿卿今年长开，切莫飘落，空留我惆怅烟雨。

2022 年 3 月

---

① 崔护《题都城南庄》：去年今日此门中，人面桃花相映红。人面不知何处去，桃花依旧笑春风。
② 李叔同《送别》：晚风拂柳笛声残，夕阳山外山。苏轼《赤壁赋》：客有吹洞箫者，倚歌而和之，其声呜呜然，如怨如慕，如泣如诉。
③ 杜甫《春日江村五首》：种竹交加翠，栽桃烂熳红。

满庭芳·多伦多夏夜

风沁仙花①,雨熟桑椹,小灯窗影昏檐。灿河星汉,如水阔凉天。晴夜长街万里,望无际、车过无言。床前月,庐州曲里,许子客人间②。

无眠。乡水处,池应涨碧,开遍娇莲。又可怜七月,偏似秋寒。何日同窗故友,剪灯语、尽醉欢筵③。今宵梦,明珠泪海,波暖玉生烟④。

2022 年 7 月

---

①仙花:苏丹凤仙花,在北美的 7 月,它们依然开得灿烂。
②许嵩有歌曲《庐州月》,写其思乡及想念旧日恋人之情。此处以写这首歌时的许嵩自比。
③李商隐《夜雨寄北》:何当共剪西窗烛,却话巴山夜雨时。
④李商隐《锦瑟》:沧海月明珠有泪,蓝田日暖玉生烟。

临江仙·秋雨

窗畔昏云阴晓,楼头秋气关山。淡妆红袖自凭栏。凉风金叶舞,轻雨细愁沾。

万里远人空念,一春旧事难还。月钩珠泪落霜寒。人间情已老,入梦且寻欢。

2022 年 9 月 19 日

天仙子·秋昼阴雨

楼外浓云阴冷晓,黄叶萧萧红叶扫。重帘一夜几多寒,金风好,梧桐老,秋雨满庭湿恨草。

一点相思秋意早,枝上霜枫朱泪小。迷蒙往事雨烟飞,记巧笑,伤年少,半缕闲愁丝乱绕。

2022 年 9 月 25 日

蝶恋花·春游东湖樱园[①]

  游武汉东湖樱花园,见繁花似锦,景色优美,有美少女穿汉服拍照,遂作此词。

  三月风暖日正晴,樱花似锦,一行粉白屏。白如春树挂玉雪,粉似笑靥淡妆影。

  无数花枝联翩舞,环绕东湖,落瓣碧波浮。却看湖岸樱树下,多少美人衣古服?

2021 年 3 月 22 日

[①] 写这首词时,我刚开始习作古体诗词,所以这首词问题很多,最突出的是上阕和下阕竟然用了两个韵,还有蝶恋花词牌本是押仄韵,而我写成了平韵。因为戴建业老师在他的视频里分享过这首词,所以尽管问题很多,我还是将它收在此书中作为纪念。

菩萨蛮

孤枝香梅寒如雪,风似流言雪如月。问天天无情,地上暗霜凝。

作诗不成句,弹琴弦不语。绵绵心中思,唯有幽灯知。

2021 年 8 月

清平乐·对夜怀某人①

青春霜染,世事总伤感。浮生繁华容易散,为君一声浩叹。

秋风知君生平,黄梧伴君飘零。细雨滴滴无情,催明满天星星。

2021 年 9 月

---

① 此词赠给我喜爱的一位名人。

扬州慢·咏枫叶，用姜白石韵[①]

一片清秋，万枝霜叶，停车坐爱驻程[②]。尽二月红染，只有松柏青。有一叶、甲光向日[③]，坚齿开刃，锋锐如兵。风吹也，怆然离枝，乱飞满城。

游人酣醉，山微冷[④]、乍醒忽惊。叹红叶题诗，寄水流去[⑤]，谁知此情？城楼雾中沉立，寒天外、隐隐笛声。又纷纷，零落飘摇，多少浮生[⑥]？

2021 年 10 月

[①] 姜夔的风格太难模仿了，继李白、苏轼之后，姜夔是第三个我很爱模仿却模仿得十不及一之人。
[②] 杜牧《山行》：停车坐爱枫林晚，霜叶红于二月花。
[③] 李贺《雁门太守行》：黑云压城城欲摧，甲光向日金鳞开。
[④] 苏轼《定风波》：料峭春风吹酒醒，微冷，山头斜照却相迎。
[⑤] 孟启《本事诗》载：唐代洛阳上阳宫宫女题诗在枫叶上，抛入流水，被诗人顾况在宫外的河里捡到，顾况遂于一片叶上写回诗，到水的上游抛下。传说中宫女后被放出宫，二人结为连理，但现实恐怕没这么美好。
[⑥]《扬州慢》词牌末句的断句，我采用叶嘉莹教授三、四、四的说法。

菩萨蛮·樱花①

今年却怪春来慢,春风初见樱花绽。粉雪满枝条,淡香丝缕飘。

联翩压玉树,云上轻盈舞。恍若见宓神②,夕阳醉几人。

2022 年 3 月

① 终于可以出去看樱花了！太不容易了！
② 宓神:代指美人,即《洛神赋》中的洛神,又称宓妃,此处为平仄而将"洛神"和"宓妃"拆开重组。

风流子·四谎①

花雨春落泪,碑前碧、愁草更恨春。记邂逅花间,佳人公子,双琴巧和,妙曲天闻。曾静夜、含羞却欲语,弯眉似月轮。奈何西风②,娇躯憔悴,玉容飘散,化作香云③。

风光又四月,无香草、与我春衫染薰。夕阳似伊柔暖,只恨黄昏④。叹天涯芳草⑤,时见裙影,双鸳鞋响⑥,频踏心门。此夜重弹旧曲,唤伊幽魂。

2022 年 4 月

---

①没有你的四月,又到来了。如果你没看过《四月是你的谎言》,就乘着四月去看一遍吧。钢琴家有马公生和小提琴手宫园薰的故事,足以治愈你的心病。

②西风:指秋风。

③玉容飘散,化作香云:暗示女主人公的去世。

④李商隐《登乐游原》:夕阳无限好,只是近黄昏。

⑤五代牛希济《生查子·春山烟欲收》:记得绿罗裙,处处怜芳草。

⑥双鸳:古代女子一种鞋的样式。南宋吴文英《八声甘州·灵岩陪庾幕诸公游》:时靸双鸳响,廊叶秋声。

浣溪沙·春雨

又见今年柳叶枝,去年今日有相思。微凉浮动洒寒食①。

一片春塘生草日,几枝梨雨落花时。迷茫烟水燕归迟。

2022 年 4 月

---

①寒食节:清明节的前一日。

浣溪沙·雪

月下窗檐银软纱。冰凝一夜玉梨葩。素妆千树若云霞。

深院年年帘外雪,恨人夜夜梦中花。春风疑不到天涯①。

2023 年 2 月

---

①欧阳修《戏答元珍》:春风疑不到天涯,二月山城未见花。

古体诗
近体诗
骈文

独坐望夜色

云霞欲落天将晚，

日暮闲愁总乱侵。

几缕垂星风碎玉，

一钩挂月水浮金。

茫茫寂夜花枝梦，

暗暗疏灯草木心。

千载人间流海去，

今宵掩户自沉吟。

2022 年 7 月

落雪花①

冷絮飘摇风作家，

霜天晓雪浸朝霞。

洛阳②春草连波碧，

知否天涯③有落花？

2023 年 1 月

---

①此诗为感叹中国和加拿大的气候差异而作。

②洛阳：指中原地区，在此指中国。

③天涯：在此指加拿大。

清晨大雨

晨起阴云聚，

满城晦色凝。

山河茫寂寞，

风树冷空青。

波荡漾如练，

雨飘洒若星。

敲窗珠落切，

幽咽琵琶情①。

2023 年 6 月

---

①最后两句，将雨打窗户的声音比作珍珠掉落和琵琶弹奏的声音，并暗用白居易《琵琶行》"大珠小珠落玉盘"语。

哈利法克斯·海烟酒吧海景[①]

山灯天水暮，

炉火燃璃珠。

远屿连风起，

寒波荡影浮。

2023 年 6 月

[①] 哈利法克斯·海烟酒吧：英文 Halifax · Sea Smoke Bar 的音译，在加拿大新斯科舍省。

雨中徒步天际线小道[①]

翠雨湿荒草，

空烟润野泥。

一山沧海雾，

数点绿蓑衣。

2023 年 6 月

[①]天际线小道：Skyline Trail 的音译，是加拿大贾斯珀国家公园里的一条徒步路线。

七古·长津湖行

赤县初开炎红花,忽报新罗起尘沙。

壮士不得顾父母,执枪连夜辽东发。

洋人精锐号无敌,汉儿身上正单衣。

天上凶鹰寒目透,北疆雪夜冷气逼。

雪漫千山如铁冰,炮火连天照夜明。

战士何惧一身死,赤血长和白雪凝。

三年苦战百死生,换得百年太平成。

归来手捧同袍骨,从此不闻硝烟声。

祝祖国生日快乐!

2021 年 10 月 1 日

观《水门桥》咏志愿军

晓出夜尽几人还，

桥北桥南冻血干。

一望长白五万里[①]，

千山叠嶂雪飞寒。

2022 年 2 月

[①]本片主人公名为伍万里。

八月雨

浓云山影覆,

薄雨风声飘。

微冷细丝落,

人间秋涨潮。

2022 年 8 月

尼亚加拉大瀑布歌[1]

巨灵神斧从天坠,

削断青山流翡翠。

银浦[2]数滴落人间,

化作百丈仙清泉。

天河激石腾蒙雾,

冰纱罗衣旋起舞。

炎轮[3]高照蒸烟霞,

壁壑喷崩溅珠玉。

云结谷底千声雷,

浪飞高台万点雨。

奔跃直入黄泉中,

复返天边碧落去。

2022 年 8 月 28 日

---

[1] 2022 年 8 月 28 日,往尼亚加拉大瀑布游玩,仿李长吉诗风作此篇。
[2] 银浦:指银河。李贺《天上谣》:天河夜转漂回星,银浦流云学水声。
[3] 炎轮:指太阳。

酒吧行①

都市繁华绚烂光,酒吧人闹酒飘香。
妖姬②纤歌迷人醉,尽欢一夜不思乡。
侧座忽来一男子,望之年可三十许。
落座呼酒独饮狂,壶空再唤新酒取。
忽然熏醉向我语,未有寒暄先诉倾。
公司案上积山事,地铁车里挤人行。
睡时一夜已过半,闹铃起时天未明。
头上秀发渐飘落,心中情绪总不平!
去年侣眷已分飞,今年不得省父母。
读书时候怀壮志,月薪十万贱如土。
而今只为三千钱,不惜吃得苦中苦。
更闻旧友已婚姻,谋房谋车步难停。
常为妻子冒风雨,肩上压重泰山轻。
昔日少年十七八,曾梦仗剑走天涯。
三十困居鸽屋里,只买柴盐不买花。
而立不得心安处,四海何地是吾家?
言罢狂饮昏醉去,留我心绪乱如麻。
一声长叹归家后,唯有远空弦月斜。

2021 年 12 月

---

①在某市游玩时去了个酒吧,后来就写了这首长诗。男子的原型到底有几个人,我也说不清。
②妖姬:指美女。

应父命作诗于城中黄昏华灯初上时[①]

暝色披楼上,

华灯照小窗。

流光飘远路,

心绪随垂杨。

2022 年 1 月

[①] 有一天,我和父亲开车行进在城市里,当时正是黄昏,街灯开始亮起。父亲突然想考验我的才华,便让我以"华灯初上"为题作诗,遂作此五绝。

观"小千金"花滑作五古①

北方有佳女,飘摇冰场中。

雪肤腰肢软,金发嫩丝绒。

仙乐悠扬奏,起舞若惊鸿。

飞旋掌中燕,轻盈游无踪。

蹈跃罗裙转,翩婉划凌空。

绚姿如幻梦,不似人间逢。

忽而乐声止,收势自从容。

天见天亦叹,四座悄无声。

赏君冰上舞,冬日春流风。

2022 年 2 月

---

① 此诗为俄罗斯花滑女单运动员安娜·谢尔巴科娃而作,"小千金"是人们送给她的昵称。

献给谢尔巴科娃①

冰雪凉夜乐声起,忽见月侧天仙临。

缎绒满衣铺白羽,罗袜微步舞波凌。

月辉飘洒尘埃里,翩翩双翼生群星。

俯望茫茫长夜下,婉转飞绕何处停。

冰上人兮霜上舞,夜中月兮目中情。

巷陌闾里闻仙音,出门一见皆叹惊。

凡尘人间谁可比,玉环飞燕姿色轻。

天女一飞九万里,天北天南夜尽明。

飘然还去玉京殿,空留长夜万古宁。

2022 年 2 月

---

①本诗是观赏安娜·谢尔巴科娃 2022 北京冬奥会花滑表演赛上的节目联想而成。

三月初春郊游,杏花半开未开

云淡嫩黄柳,

空晴郁翠山。

杏花遮面半,

未点春风檀①。

2022 年 3 月

---

① 古时女子抹口红称为"点檀",脂粉颜色称为"檀色"。

疫情中,阴雨天早起

浓云阴昼早春寒,

谁打小窗敲若弹。

意兴阑珊帘外雨①,

梦魂萦绕屏中山②。

芭蕉叶染滴湿绿③,

桃杏花沾浸透丹。

琴丝静院声声落④,

寂寞空城更不堪。

2022 年 3 月

---

①李煜《浪淘沙》:帘外雨潺潺,春意阑珊。
②无法旅行看山,梦里都只能看到屏风画的山。
③芭蕉之绿,桃杏之红,仿佛是雨染上的颜色。
④第七句呼应第二句,都是把雨声比作琴声。

清明假期春游

桃花万朵惹东风，

散落千红碧草中。

半谢半开春正好，

缤纷妙处游人声。

2022 年 4 月

暮春深夜不眠

静夜微风扫动闲，

鹧鸪唤我望清天。

寒凉月色吟笛起，

翠碧春光抚草眠。

2022 年 4 月

四月二十四日散步①

冰雪初融夏已至，

春颜夭殇不关人。

东风忽散落花雨，

不问香氤何处存。

2022 年 4 月

---

①樱花谢了，还有晚樱看。晚樱也落尽,就没有春天可看了吧。

暮春雨

碧树凉花春寂寂，

空山落叶雨溅溅。

清溪荡尽尘沙地，

露草浓云静不言。

2022 年 4 月

晚八点，游加拿大某市别墅区

加国夏日常迟落，

夜色八时半昼明。

窗牖灯昏夕月淡，

郁香花拢晚霞晴。

巷坪青草层层卧，

街树黄莺处处鸣。

葩朵千枝行客醉，

却约明日更来行。

2022 年 5 月

城中夜色

三更寂夜风吹乱，

千盏疏灯星点光。

何处笛声拂落月，

俏云数朵隔纱窗。

2022 年 6 月

夜行

云雾孤星流浪月,
山川阔夜旅行人。
清风千里天涯迹,
襟带轻沾曲路尘。

2022 年 6 月

东望

高楼远目过云川，

海外游人荡未还。

霞落笛沉灯万里，

风吹明月几关山。

2022 年 7 月

五古·多伦多群岛游

周末无烦事,夏日游兴生。

驱车南湖①畔,闲坐听涛声。

千洲湖岛绿,万顷水波澄。

清浪浮白鸟,润气送爽风。

近岸踏青草,远帆逝碧空。

晴阳洒潮浪,飞鸥隐古榕。

聊且脱世网,怡乐自然中。

2022 年 7 月

---

①此处南湖指安大略湖,湖中有许多小岛,还有个公园。

傍晚步行经别墅一所

红霞云上染，

黄雀草间鸣。

桑葚落灯影，

院空人语轻。

2022 年 7 月

咏夜

林中花叶暗,
月下霜云寒。
天色凉如水,
风吹入薄衫。

2021 年

多伦多秋晓有雨

天洒潇潇雨洗城，

冷红凄翠动秋风。

霜枫舞落千街叶，

斜卧窗棂听雨声。

2022 年 10 月

秋枫

秋水涓涓白鸟飞,

无言碧草对斜晖。

寒枫应晓人惆怅,

红泪满山乱落吹。

2022 年 10 月

冬夜

寂冷星云淡,

苍茫夜雪明。

心怀千万事,

说与北风听。

2022 年 11 月

咏冬夜

秋去冬来多少日，

金枫落地变银霜。

长天皓月千山雪，

冷夜孤梅一尊香。

烈烈寒风吹角鼓，

萧萧枯树映灯窗。

炊烟生暖人无客，

遥望远空云自凉。

2022 年 11 月

咏冬天眼镜片上雾气

晶片结云雾，

琉璃覆气冰。

雨烟浮若幻，

飘散更清莹。

2022 年 12 月

七绝·咏雪

小径平芜人迹残，

青湖寂寂冷阑珊。

昏云落雪梨花雨，

一夜春风草更寒。

2023 年 1 月

秋风

瘦月纤枝红叶落，

寒云冷草紫菊飞。

人间终是秋风里，

落尽霜天万艳悲。

2023 年 1 月

凉州词

凝玉枯枝陇水冰,

冷梅吹落欲谁听。

春风莫怨西凉月,

空有千山万雪情。

2023 年 2 月

瓦瓦瀑布二首

其一

天边河汉泻白玉，

山上流云洗岫尘。

醇酒本为山上水，

诗人元是山中人。

其二

激水迸石生彩烟，

荡涤崖壁净红岩。

山中清雾迎阳照，

细雨有晴使我怜。

2023 年 5 月

六月于蒙特利尔①登观景台②赋五律，仿宫体风

天碧触楼梁，

高台临四方。

徐陵③游邺县，

王粲④客襄阳。

莲瓣忆南国⑤，

春寒凝北荒⑥。

冰肌⑦亦至此，

云上共徜徉。

2023 年 6 月

---

①蒙特利尔：加拿大魁北克省城市。
②观景台的英文名称为 Sunset Lookout，在加拿大蒙特利尔，为当地观日出、日落最佳点。
③徐陵：南北朝诗人，本是南朝人，后在北朝生活多年。邺县，指北朝北齐政权都城。
④王粲：东汉末年建安七子之一，曾客居襄阳，作《登楼赋》。
⑤南国：此处指中国，相对于加拿大在南。
⑥寒、荒：形容词作名词；荒，加拿大地广人稀给我的主观感受。
⑦冰肌：在此指代白人女性。

春夜

银月如涂霜,

柳丝若夜长。

春风何必起,

桃杏自凋伤。

多伦多冬雪赋

2022 年 12 月 11 日,大雪,次日大雪依然,遂即兴作此小赋。

深冬情绪,古来皆然。霜封塞北,雪落江南。屋铺皓玉,云结重寒。白乐天之炉酒①,高达夫②之诗篇。高城寂寂,烈风萧萧。峰峡无路,津渡失桥。黄河静而空阔,阴山冻而荒寥。及夜色将临,隐然有笛声吹。星月乱荡,风雪骤飞。星如苏武之目,月似昭君之眉。陆游瓜洲不渡③,岑参楼兰未归④。松枝折曲,梨花飘徊。千层叠素,万山映辉。

慨北国之冬雪,叹人间之欢悲!

---

①白居易《问刘十九》:绿蚁新醅酒,红泥小火炉。晚来天欲雪,能饮一杯无。
②高适《别董大》:千里黄云白日曛,北风吹雁雪纷纷。
③陆游《书愤》:楼船夜雪瓜洲渡,铁马秋风大散关。
④岑参有诗《白雪歌送武判官归京》,此外有不少诗曾提到楼兰。

现代诗

博物馆里的帆船

无数根绳索

拴着几片梦

参差的木板褪去漆色

贴上人的脚印

昔人的酒，洒成浪

海鸥守在浪边

它等谁归来

经历多少失去

默默倾听

后人的言语

舵和大海失联

在被城市掩埋的时间

海鸥守在天上

它等海底的人归来

2023 年 5 月

无题

亲爱的，这里的夜色挂满了星星

就像一排吊挂的黄金

黑夜离我越来越近

在这如刀的寂寞里

也许我还有一丝光明

亲爱的，这里的河流落满了星星

就像是一摞溺水的蓝田玉

泪水溢满了荆棘丛生的路

萧瑟的月光失去归宿

精灵和我都如此孤独

亲爱的，我在等你一个拥抱

这里只有发青的磷火

和咸阳的连天衰草

现在只有你能温暖我了

不要让我彻底变老

宇宙是个笼子

我还能去哪里

活人都在网中

就连走了都要立坟

根本无处可避

亲爱的，就算有你

我们又能去哪里

我想要的结局

不是走

也不是在一起老去

那只能让人们哭泣而已

2023 年 3 月

睡觉

一颗文弱的灯光

半只水杯微亮

手机屏幕闭着眼

在棕木床头柜的浮影上

床单是明暗的分界线

枕巾张开怀抱如同睡莲

卧室般大小的宇宙轻捧着

它唯一的行星入眠

2023 年 6 月

笔

我需要,一支

落花织成的笔

把愁,刻进骨头中

写到夕阳里

2021 年

无 眠

飞机在夜空中划过
霓虹灯在雾中闪烁
一秒钟,像歌声缓缓飘落
星星听着,无话可说

孤独像是永恒
沉睡的人们,安卧的风
寂寞的蒲公英,微冷的梦
窗户里看到,失眠的城

汽车从马路上走过
床头灯在屋里沉默
一分钟,像小雨轻轻洒落
残月皱眉,有话不说

思念像是永恒
远方的人们,翻身的风
杜鹃似的夜莺,惊啼的梦
醒眼中看到,无眠的城
眺望中看到,黎明的城

2022 年 6 月

昏月

暗黄的昏月,镶嵌在夜空

像粒土色的琥珀,装颗萤火虫

你是谁的爱人,夜莺先生

黑红的玫瑰发芽,摘一缕春风

乌鸦死在窗户下

埋在一片幽寂的蒹葭

少女的歌声,绿草间飘洒

灼伤的眼泪,滴落成紫花

2022 年 6 月

雪夜

我爱夜深蓝的衣裳

和珍珠般淡白的星

朔漠的风,吹凉关山的酒

河海的云,凝结陇水的冰①

琼树披皎月光,我穿火红的袄

安卧在浩瀚飞雪的影

这是谢惠连②赋笔的皦洁世界

我愉悦地走入睡梦,不想要黎明

2022 年 12 月

---

①南北朝庾信《小园赋》:"关山则风月凄怆,陇水则肝肠断绝。"
②谢惠连:南北朝诗人,曾作《雪赋》。

听节奏布鲁斯

序：中国诗人以音乐为题材写诗早就不罕见了，李白写僧人弹琴，白居易作《琵琶行》，李贺有《李凭箜篌引》，皆是名作。那么，作为当代爱好写诗的人，可不可以以当代流行音乐为写诗题材呢？我阅读量不多，不晓得有没有人尝试过，自己权且一试，不敢说写得多好。

陶喆的蓝调像滑冰
方大同的歌像跃舞①
春风被鼓点和电子琴键敲开
和弦是降调的三月初五

原来男女之爱可以优美而闲适
在十点半飞机轻轻滑落的瞬间②
在三分半长悠然乱飞的旋律里③
在十七岁和二十二岁那一年④

嵇康说，音乐没有哀乐⑤
但音乐人爱这律动的世界
爱着美丽的妹妹，爱着多情的中国姑娘⑥
爱着每天，沙滩上孤独的夜⑦

2023年4月

---

①陶喆《望春风》，方大同《春风吹》。
②陶喆《飞机场的十点半》。
③陶喆《心乱飞》。
④陶喆《十七岁》《二十二》。
⑤嵇康《声无哀乐论》。
⑥方大同《妹妹》，陶喆《中国姑娘》。
⑦陶喆《沙滩》。

异地的季节

青岛的风,抹去春天的花瓣

都市的街巷,大约已不见蝴蝶

待到黄叶滑落的瞬间

将是思君的时节

2023 年 5 月

雨梦

雨把我的梦惊醒了

这梦里

有烤肉和芝士般的幸福

有香草般纯洁的愉悦

有海浪一样的忧伤

所以雨把这梦惊醒了

雨混杂着秋风

把初春的梦

玻璃窗上的梦

轻轻敲醒了

2023 年 5 月

浸湿

雨，浸湿了五月

浸湿后轮的辙印

浸湿车的播放器里

旷野中，寂寞的旋律

玻璃窗上的鼓点

雨刷扫过的吉他弦

手机里，宇多田光①

微弱凉风般的歌声

2023 年 5 月

---

① 宇多田光是日本著名歌手。

魁北克早餐

餐桌的右侧是斑驳的石墙

微凉的空气在红砖间荡漾

鲜红的玫瑰静静生满窗台

眺望圣劳伦斯河水,流了几代

十八世纪巴黎街巷的色调涂满小饭馆

三明治摆在塑料制的餐盘

街对面藤绿色尖顶的城堡

安眠的骑士与情人共享天的湛蓝

淡粉的熏鲑鱼肉被铺成花丛

两片金黄面包的火候软硬适中

店家播放着香颂①,旋律令人欣喜

啊!静心去品尝这高雅的烟火气

2023 年 6 月 20 日

---

①香颂是法国的一种流行音乐。

不想起床

今天也不想起床

可能因为窗外的微风聒噪

帘幕的遮挡让人心安

镜中的双眼

像阴天的河冰

僵冷无光

我每天用这样的眼睛

看夏天、绿叶和太阳

所以今天也不想起床

纯黑夜

一个纯黑的夜

钢琴看不见身上的黑键

高楼看不见头顶的乌鸦

城市浸满墨水

霓虹灯打在薄纸上

万物早晚要风化的

不如现在就用酒全部埋葬了吧

这既苦且短的人生

躯壳

黑夜把人的梦收走

留一具空虚的躯壳给白天

但白天

不是只需要人的躯壳

城市

雪花被燃烧

散成明亮的白气

灰烬被冰冻

闪烁着黑曜石的光芒

时光不是流水

时光是水蒸气

生命的火车隆隆向前

拖拽着寂寞的车厢

甩开我们的灵魂

因为你,我才怀念

这座荒远的城市

冰天雪地的街道

写满拉丁字母的商场

这座渺远的城市

一直很陌生,就好像

从不属于我们的生命

可它有

友情,青春,游戏,外卖

烧烤,火锅,动漫,熬夜

每一点,每一滴

直到我也离开

直到我们全都离开

它依然是

十八九岁的城市

每一点,每一滴

流行歌词新填词

寄明月①

丝丝弄碧的章台的柳②

渺茫烟水里春心难收

你一袭红衣乘着画舟

飘过江南倦客③的心头

胜过波上桃花的娇羞

让我为你留下诗一首

你悄悄远去千里云游

在花灯将点亮的时候

寄明月 相思愁

看仙娥 双眉皱

醉梦醒 朱颜瘦

常花前病酒④

你就是月 照绿柳梢头

让我与你相约黄昏之后⑤

你就是花 染香了新酒

饮尽了千杯 思念沾满两袖

你就是春 三月最温柔

吹涨那一江绿水随我东流⑥

你就是你 沉睡在朱楼

缭乱了长夜和美丽的霜秋

花开花落几轮四季后

离恨仍新只是相逢旧

青青似当年章台的柳

不知是否攀折他人手

我寄一枝异乡的红豆

附上情深的人诗一首

凝恨⑦对夕阳怅望多久

春风吹你向何处漂流

寄明月 相思愁

曾彩云归时候⑧

旧梦醒 黄花瘦⑨

半夜凉初透

你就是月 照绿柳梢头

让我想与你相约黄昏之后

你就是花 染香了新酒

饮尽了千杯 思念沾满两袖

你就是春 三月最温柔

吹涨那一江绿水随我东流

你就是你 沉睡在朱楼

缭乱了长夜和美丽的霜秋

---

①这一首《寄明月》的重新填词,献给小七,献给当初和朋友一起看小七跳舞的时光。
②韩翃《章台柳·寄柳氏》:章台柳,章台柳!颜色青青今在否?纵使长条似旧垂,也应攀折他人手。
③周邦彦《兰陵王·柳》:登临望故国,谁识京华倦客?
④南唐冯延巳《鹊踏枝》:日日花前常病酒,不辞镜里朱颜瘦。
⑤欧阳修《生查子》:月上柳梢头,人约黄昏后。
⑥李煜《虞美人》:问君能有几多愁,恰似一江春水向东流。
⑦韦庄《菩萨蛮》:凝恨对残晖,忆君君不知。
⑧晏几道《临江仙·梦后楼台高锁》:当时明月在,曾照彩云归。
⑨李清照《醉花阴》:薄雾浓云愁永昼,瑞脑销金兽。佳节又重阳,玉枕纱厨,半夜凉初透。东篱把酒黄昏后,有暗香盈袖。莫道不销魂,帘卷西风,人比黄花瘦。

从此以后

A1

你就像春天的阳光一样善良

孩子们觉得你和他们一样

被你温暖的时间似乎缓慢又漫长

直到意外像雨打到你身上

B1

从此以后 从此以后

落花飘满了路口

从此以后 从此以后

你却还那么温柔

A2

你从不说你多么倔强或坚强

偶尔笑得像从前那么阳光

可命运好似秋风一般愚蠢而荒唐

你竟然浪费了这么多时光

B2

从此以后 从此以后

你渡不过那码头

从此以后 从此以后

你就缩起了双手

A3

你从不说你多么倔强或坚强

偶尔笑得像从前那么阳光

可命运好似秋风一般愚蠢而荒唐

你竟然浪费了这么多时光

B3

从此以后 从此以后

落花飘满了路口

从此以后 从此以后

你却还那么温柔

B4

从此以后 从此以后

你渡不过那码头

从此以后 从此以后

你就缩起了双手

（结尾）

从此以后 从此以后

天也越来越忧愁

2023 年 5 月

荷花[①]

——翻填陶喆《流沙》

该怎么装作我无所谓

怎么表现得不是因为

不是因为你才觉得伤悲

是花在枯萎　风在吹

去年夏天那么的甜

烈阳雪糕蝉鸣蓝天

都还在眼前

你下一次是何时出现

泪水涌满荷花　树风沙沙

闷热空气躲不开它

泪水带走了夏　秋雨若落下

随你去哪　请留下一朵枯荷吧

该怎么装作我无所谓

[①]此词在哔哩哔哩网站 UP 主举办的歌词比赛中获得铜牌。

怎么表现得不是因为

不是因为你才觉得伤悲

是花在枯萎 风在吹

去年夏天那么的甜

烈阳雪糕蝉鸣蓝天

都还在眼前

你下一次是何时出现

泪水涌满荷花 树风沙沙

闷热空气 躲不开它

泪水带走了夏 秋雨若落下

随你去哪 请留下一朵枯荷吧

你越走越远不再留恋看不见

剩这个世界陪我忍受夏的熬煎

泪水涌满荷花 荷叶沙沙

春恨秋恨 随风去吧

泪水带走盛夏 天要换季了

红衣落尽 我们的心都没办法

2023 年 6 月

该怎么快乐

——翻填《爱我还是他》

如果我说我恨
这美丽世界
你会更爱我
还是把我消灭

如果我说我要
用一生睡眠
你会抱紧我
或消失在我眼前

我只是渴望
一点小小的慰藉
却宁愿躲进一片夜里
最安全的荒野

我该怎么快乐
只是呼吸两三声就累了
还挣扎些什么

我该怎么快乐

总是自己和自己搞不和

太多余太绝望的拉扯

我 我 我 我 哦

我已有些受够

灵魂的撕裂

想抹去所有

剩下一片月

怎样的世界能

变得更纯洁

平静得像白雪

善和美的一切

我不止渴望

一点小小的慰藉

我不想躲进那片夜里

最孤独的荒野

我该怎么快乐

明明自己是痛苦制造者

还困惑为什么

我该怎么快乐

谁的人生不都是妥协的

你还想怎么活

我该怎么快乐

我的欲望比别人多太多

才会感觉寂寞

我该怎么快乐

任何困难都可以打倒我

我不敢去跨过

耶 我该怎么快乐

我的心原来如此的脆弱

做梦又太过火

我该怎么快乐

我不想在深渊继续坠落

谁能来救救我

让我快乐

2023 年 7 月

老套的心情

A1

微风吹走春天的消息

雨滴轻轻敲响夏季的天气

荷叶边弹出微弱的涟漪

往事不由自主地泛起

A2

十七岁耀眼的阳光里

生活浮着青苹果味的水汽

风吹红莲的每一片花瓣

耳边都有独特的声音

（预副歌）

追忆是多么老套的心情

但我总想念当时的风景

你在那个六月摘下的星星

现在还留在我的回忆

B1

雨刷走了多少的时间

刷走了多少的纯洁

雨水的杂质落在双脸

浸绿桃枝和柳叶

B2

雨滋润着淤泥的生长

把热烈偷换成微凉

今夜的河水涨到西窗

隔断故人和月光

A3

十七岁耀眼的阳光里

生活浮着青苹果味的水汽

风吹红莲的每一片花瓣

耳边都有独特的声音

（预副歌）

追忆是多么老套的心情

但我总想念当时的风景

你在那个六月摘下的星星

现在还留在我的回忆

B3

雨刷走了多少的时间

刷走了多少的纯洁

雨水的杂质落在双脸

浸绿桃枝和柳叶

B4

雨滋润着淤泥的生长

把热烈偷换成微凉

今夜的河水涨到西窗

隔断故人和月光

（结尾）

雨珠的项链挂上侧窗

圈起曾经的时光

2023 年 6 月

春风沉醉的晚上

A1

昏黄的路灯光

撩动人心泛起波浪

楼群也在惆怅

春风正在沉醉中荡漾

B1

这月色照得有一点凄凉

我要开着小车去向远方

到下一个城市天也许还不会亮

没关系 梦中有星光

A2

朝思难免暮想

孤独时涌上的渴望

一杯甜酒洌香

消磨无法言说的迷茫

B2

这夜色罩得有一些漫长

我会途经野花闻到点点芳香

到下一首歌吉他还是弹得悲伤

惊醒梦的风很清爽

（结尾）

你永远存在于我的想象

你总是让我想念到疯狂

也许你是我十六岁许下的梦想

或当时爱过的姑娘

（女唱最后一句改为：或当时爱过的情郎）

2023 年 7 月

忧郁症的假期

A1
早上九点钟从床上醒来
桌上停着两三个纸袋
那是我这几天吃的外卖
阴天中又过去一礼拜

A2
从出生一直单身到现在
人生算自由还是失败
闲来无事又翻开《唐诗选》
李商隐仍然是我最爱

B1
你明不明白
我曾不明白
浪漫只是一场小小的意外

B2
你明不明白
希望你明白
浪漫只是微不足道的意外

A3
奶茶不过是茶掺了些奶
营养组合就叫作饭菜
在华灯初上蓝黑暮色里
心与微风随意地悲哀

B3
你明不明白
我也才明白
浪漫只是车祸一样的意外

B4
你明不明白
你不必明白
浪漫只是微不足道的意外

B5
你明不明白
你明不明白
人无法拥有小说里的爱

B6
你明不明白
我明不明白
幻想就是世上最大的无赖

2023 年 8 月

走不完的海岸[1]

——翻填《海岸线》

青岛 的梦 浮出 心中
模糊海和天空
三亚的微风
像钟声
与珠海相拥

走过 几座 海边 城市
还是茫然迷失
温热的沙子
鹅卵石
斜长的落日

乘槎的路 泛起白雾
黑夜容纳孤独
看不清楚
小舟如何渡

波浪轻抚 星光恍惚
静得让人想哭
心涛涌出

[1]这首歌词在哔哩哔哩网站UP主举办的歌词比赛中入围十一佳,在榜单上位列第五名。

万里欲漂浮

这海岸　走不完
青礁石　拍不烂
一片浪太短暂
谁能扬起帆
玫瑰和青山
追寻后飞还

这沙滩　吹不散
蓝珊瑚　枯不烂
如果月色浪漫
谁伴我行船
灯塔和港湾
白鸥在远瞰

这海岸　走不完
这沙滩　吹不散

乘槎的路　泛起白雾
黑夜容纳孤独
看不清楚
小舟如何渡

波浪轻抚　星光恍惚
静得让人想哭
心涛涌出
万里欲漂浮

这海岸　走不完
青礁石　拍不烂
一片浪太短暂
谁能扬起帆
玫瑰和青山
追寻后飞还

这沙滩　吹不散
蓝珊瑚　枯不烂
如果月色浪漫
谁伴我行船
灯塔和港湾
白鸥在远瞰

这海岸　走不完
青礁石　拍不烂
一片浪太短暂
谁能扬起帆
玫瑰和青山

这沙滩　吹不散
蓝珊瑚　枯不烂
如果月色浪漫
谁伴我行船
莫畏海浪寒
凌晨亦不晚

2023 年 7 月

加加林的开元时代

A1

1961 伏尔加河的春天

仿佛是苏联的开元年

克里姆林宫灯火辉煌

勇士登上勤政务本楼之巅

A2

勇士奉命探索苍天

足迹比万里安西更远

他说天上没有大帝

没有如来太上老君和神仙

B1

太空寂静如荒野

像乌拉尔深冬的霜雪

可怜那恒星般璀璨的繁华

竟似火箭一样坠落而碎裂

B2

地球山川正安眠

江河澄明如飞舞的白练

可叹那彗星般闪耀的时代

化作青苔生在曲江的锁殿

A3

勇士奉命探索苍天

飞得比北冥大鹏更远

他说天上没有大帝

没有如来太上老君和神仙

B3

太空寂静如荒野

像乌拉尔深冬的霜雪

可怜那恒星般璀璨的盛景

竟似火箭一样坠落而碎裂

B4

地球婴儿般安眠

江河澄明如飞舞的白练

可叹那彗星般闪耀的时代

化作青苔生在曲江的锁殿

飞船
月球上姮娥依然记着你的名字
可故国已成初始的原野

B5
太空寂静如长夜
像乌拉尔深冬的霜雪
可怜那恒星般璀璨的盛景
竟似火箭一样坠落而碎裂

（结尾）
那宇宙般广阔的往日景象
只剩冷月照在断壁和残垣

2023 年 8 月

灯光下的诗句

A1

一颗孤单的心

放在角落的阴影里

薄如蝉翼的云

不知道飘荡的意义

A2

窗眼下的钢琴

声音脆弱得像玻璃

楼下过路人群

笑容竟那么的明丽

（预副歌）

他闭上门 不言语

为灯光写下诗句

他的枕头为他忧虑

他的房间越来越空虚

B1

星星在下雨

月和黎明相遇

你们不知道

他快要死去

B2

夜色被过滤

风传来了长吁

你们不知道

他想要死去

A3

窗眼下的钢琴

声音脆弱得像玻璃

楼下过路人群

笑容竟那么的明丽

（预副歌）

他闭上门 不言语

为灯光写下诗句

他的枕头为他忧虑

他的房间越来越空虚

B3

灰蓝的忧郁

灵魂还剩一缕

人们不知道

他宁愿死去

B4

紫罗兰的雨

牵动梦魂的曲

人们不知道

他不想死去

（结尾）

他想要活着

不想要委屈

鹿台火

A1

她是君王最爱的装饰

肌肤胜雪明眸如日

纣给她佩戴一身翠羽锦丝

把她装进雕梁画栋的笼子

A2

媚眼一笑恍若鲜花含露

迷醉了后庭的玉树

黑云西风压碎繁华的歌舞

堪悲亡国人只有黄泉一路

B1

看碧瓦咸阳朱墙朝歌　千年的烈火

鹿台上万古愁静静燃烧着

妾在深宫怎见鼓与戈　只见成灰的殿阁

玉魂白骨埋入芜城的寂寞

B2

玉体横陈的夜星已落　周师入朝歌

冷峻的《牧誓》刻上她的罪恶

还要经历三千年迷惑　才能让圣人懂得

兴亡本是时间的无可奈何

A3

媚眼一笑恍若鲜花含露

迷醉了后庭的玉树

黑云西风压碎繁华的歌舞

堪悲亡国人只有黄泉一路

B3

看碧瓦咸阳朱墙朝歌　千年的烈火

鹿台上万古愁静静燃烧着

妾在深宫怎见鼓与戈　只见赤红的星河

玉魂白骨埋入芜城的寂寞

B4

玉体横陈的夜星已落　周师入朝歌

顽固的经书记下她的倾国

还要经历三千年迷惑　才能让后人懂得

青史为她空费了多少笔墨

李华，你不会懂

——翻填李圣杰《你那么爱她》

A1

我的老朋友　你叫李华

你优秀得有点　不太像话

交友那么国际化

A2

你写信不敢写真情实感

只用中式英语　不疼不痒

送笔友些正能量

B1

你绝对不懂

十六岁忧郁的青空

纤细的灵魂多懵懂

青春的梦

被暂时锁在课桌板凳

B2

你绝对不懂

吹起她黑长发的风

唱片里鼓点的跳动

你不懂

你的心愿在被谁操纵

那么顺从

A3

我的老朋友 你叫李华

你优秀得有点 不太像话

交友那么国际化

A4

你写信不敢写真情实感

只用中式英语 不疼不痒

送笔友些正能量

B3

你绝对不懂

十六岁忧郁的青空

纤细的灵魂多懵懂

青春的梦

被暂时锁在课桌板凳

B4

你绝对不懂

吹起她黑长发的风

唱片里鼓点的跳动

你不懂

你是最理想的好学生

那么从容

B5

你绝对不懂

十七岁忧伤的天空

纤弱的心灵多懵懂

青春的梦

被暂时锁在课桌板凳

B6

你绝对不懂

吹散她黑长发的风

唱片里爱恨的跳动

你不懂

你是最理想的好学生

那么从容